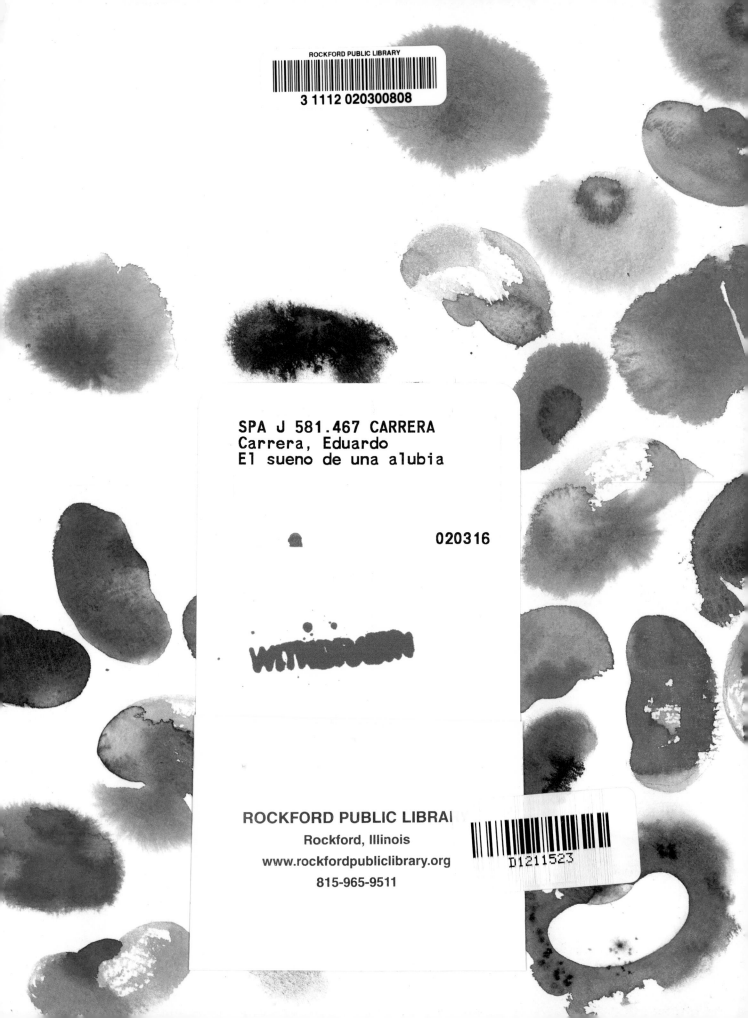

ALFAGUARA^{MR}
INFANTIL

A mi padre,
que abrió la cama a la semilla.

EL SUEÑO DE UNA ALUBIA

D.R. © del texto: Eduardo Carrera, 2013
D.R. © de las ilustraciones: Amanda Mijangos, 2013

D.R. © de esta edición:
Editorial Santillana, S.A. de C.V., 2013
Av. Río Mixcoac 274, Col. Acacias
03240, México, D.F.

Alfaguara Infantil es un sello editorial de **Grupo Prisa**, licenciado a favor
de Editorial Santillana, S.A. de C.V.
Éstas son sus sedes:

Argentina, Bolivia, Chile, Colombia, Costa Rica, Ecuador, El Salvador, España,
Estados Unidos, Guatemala, México, Panamá, Paraguay, Perú, Puerto Rico,
República Dominicana, Uruguay y Venezuela.

Primera edición: diciembre de 2013

ISBN: 978-607-01-2002-2

Impreso en México

SANTILLANA

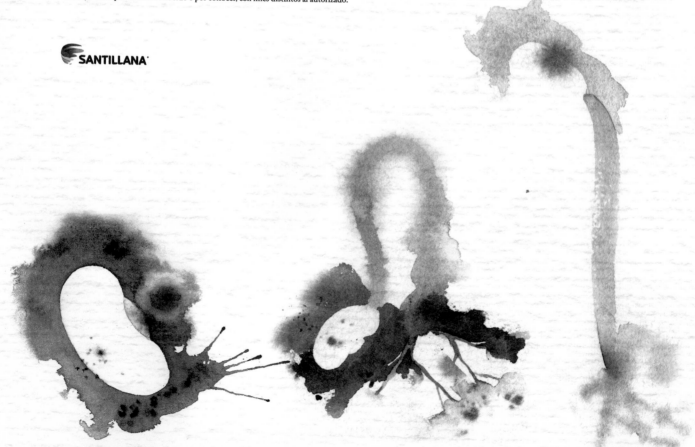

El sueño
de una alubia

Eduardo Carrera

Ilustraciones de Amanda Mijangos

ALFAGUARA MR
INFANTIL

Preludio

Duerme la semilla
como una marmota.
Arriba, la nube
da a luz una gota.

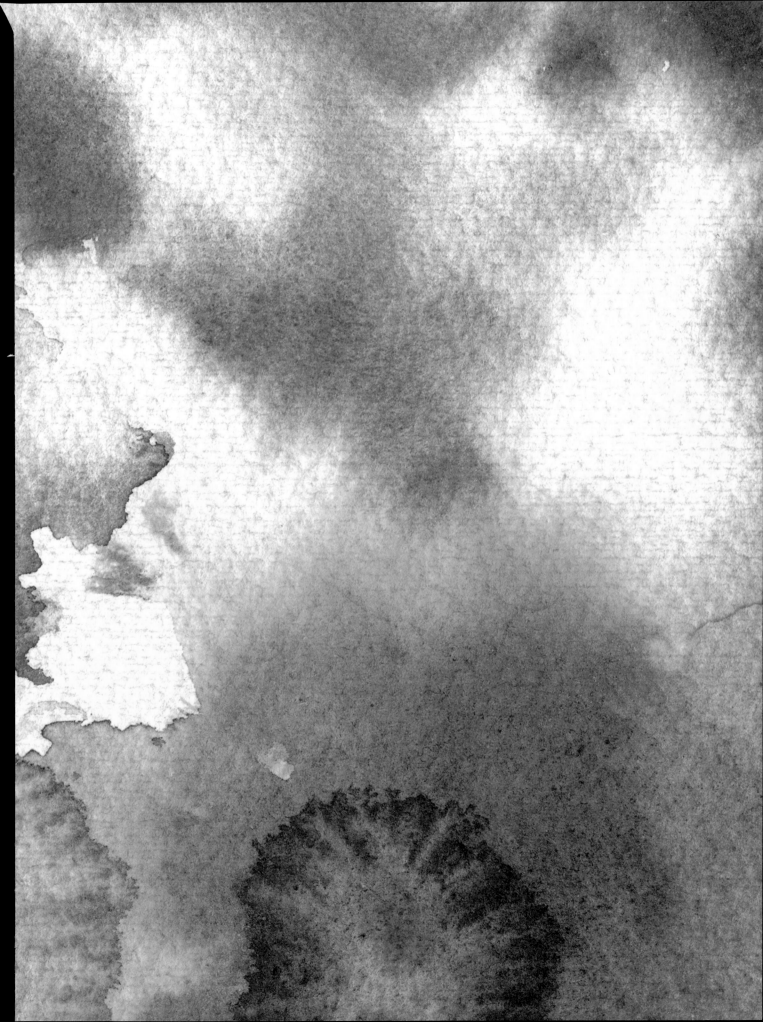

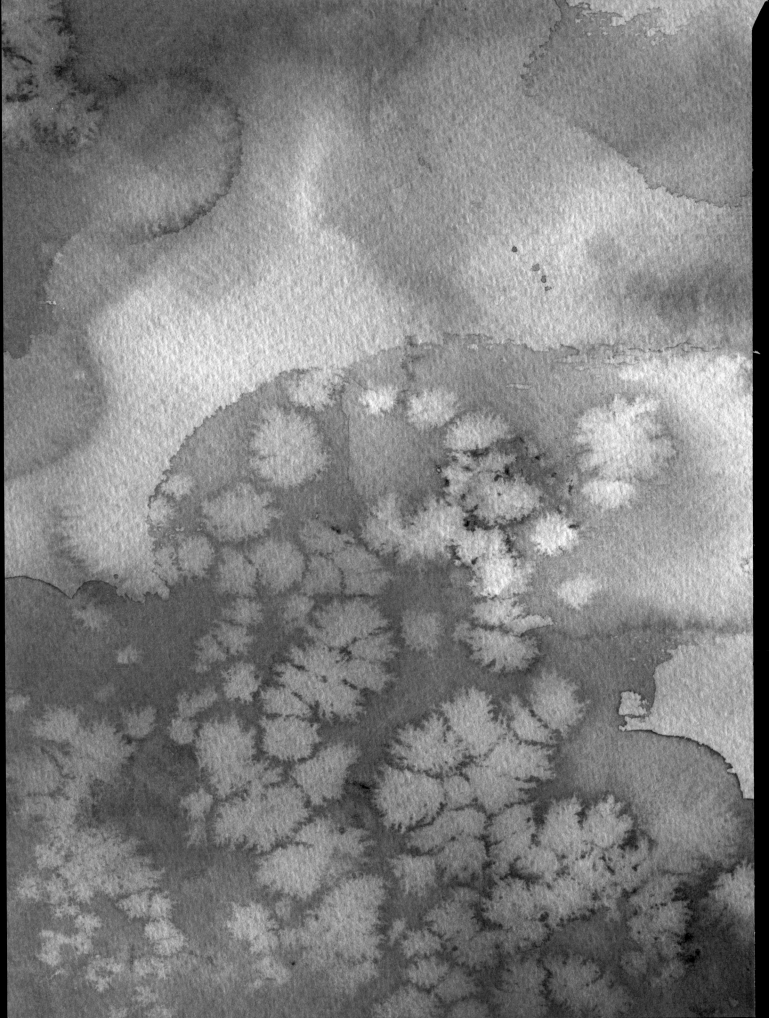

Gota de lluvia

La gota de lluvia
se lanza hacia el mundo
mediante un clavado
al cielo profundo.

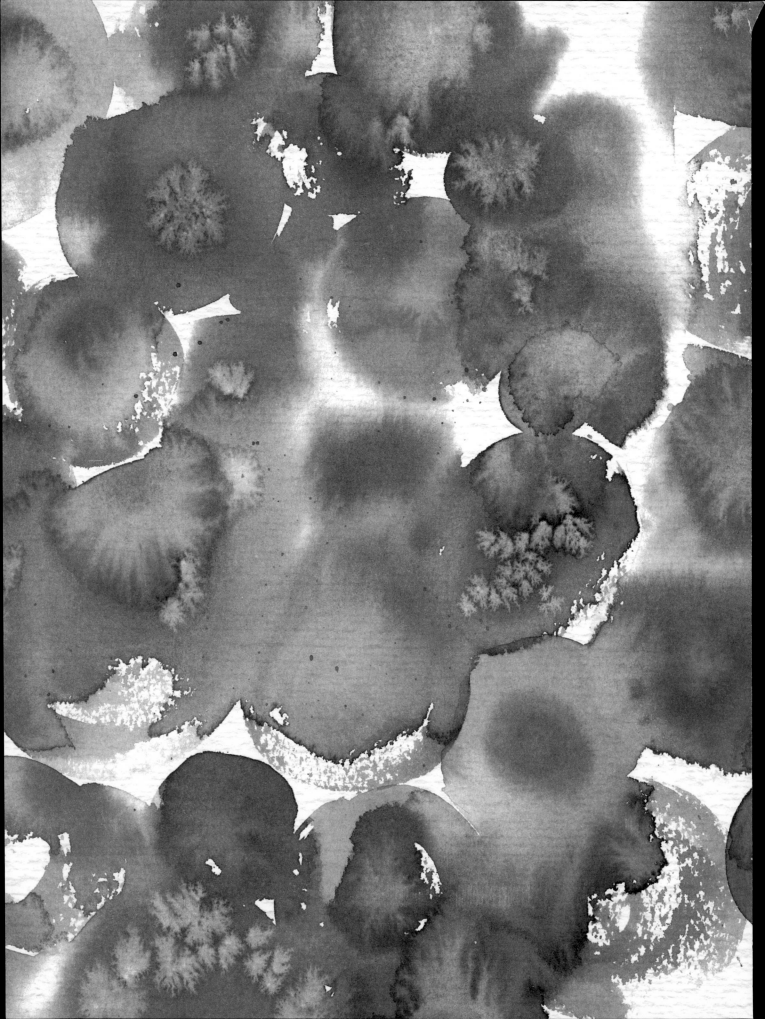

El viento travieso
la empuja de vuelta.
De pronto él se aburre
y a la gota suelta.

Al verse ella libre
cual si fuera un gamo,
dándose un impulso
avanza otro tramo.

Luego suspendida,
como un girasol,
refleja en colores
los rayos del sol.

Ahora en picada
es una gaviota,
lleva por plumaje
el brillo de gota.

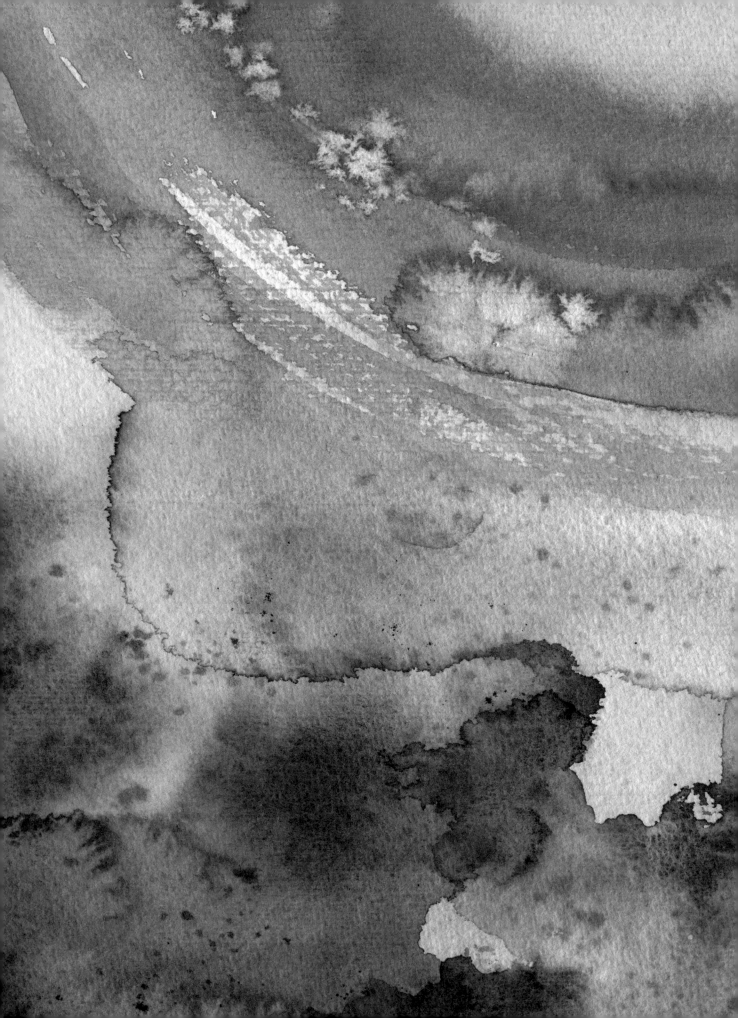

Al tocar la tierra
todo es maravilla,
porque se ha encontrado
con una semilla.

Semilla

Para la semilla
la tierra es su cuna;
duerme con el sol,
duerme con la luna.

Ha tenido un sueño
pleno de colores,
¿se vio deslumbrante,
con hojas y flores?

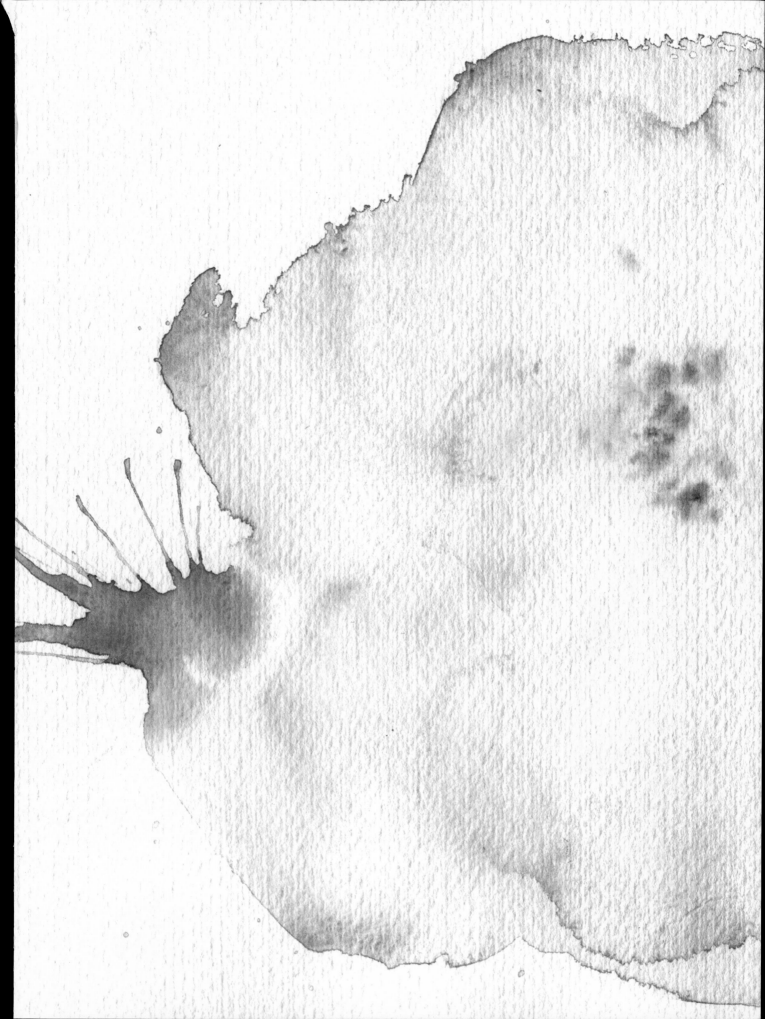

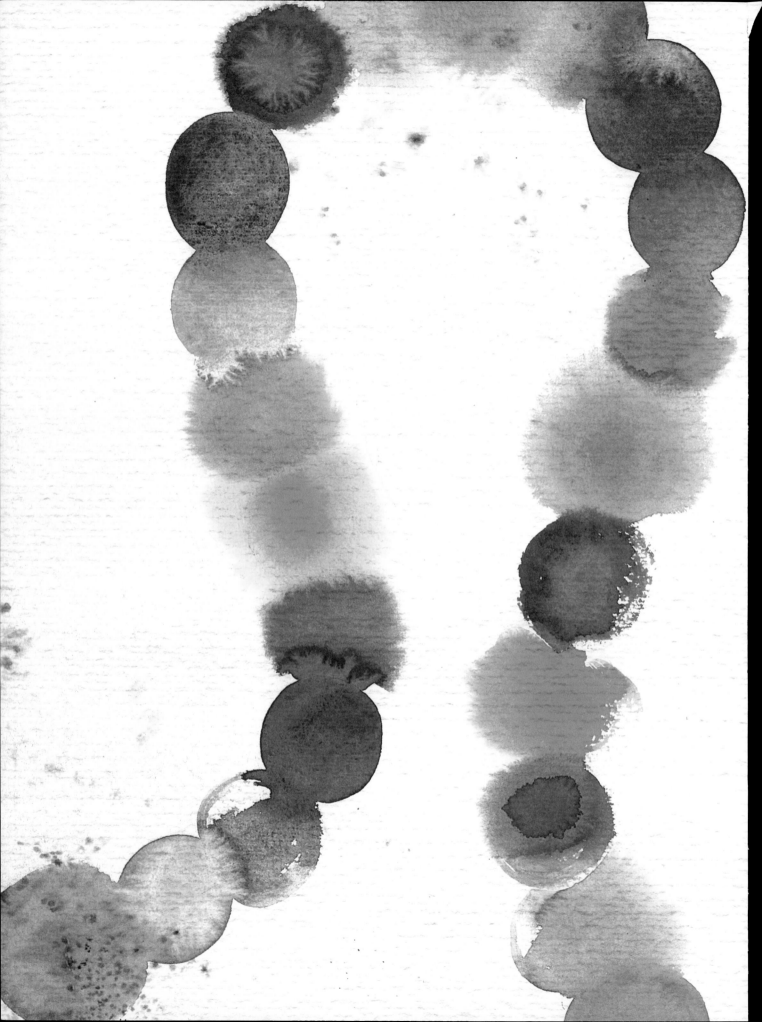

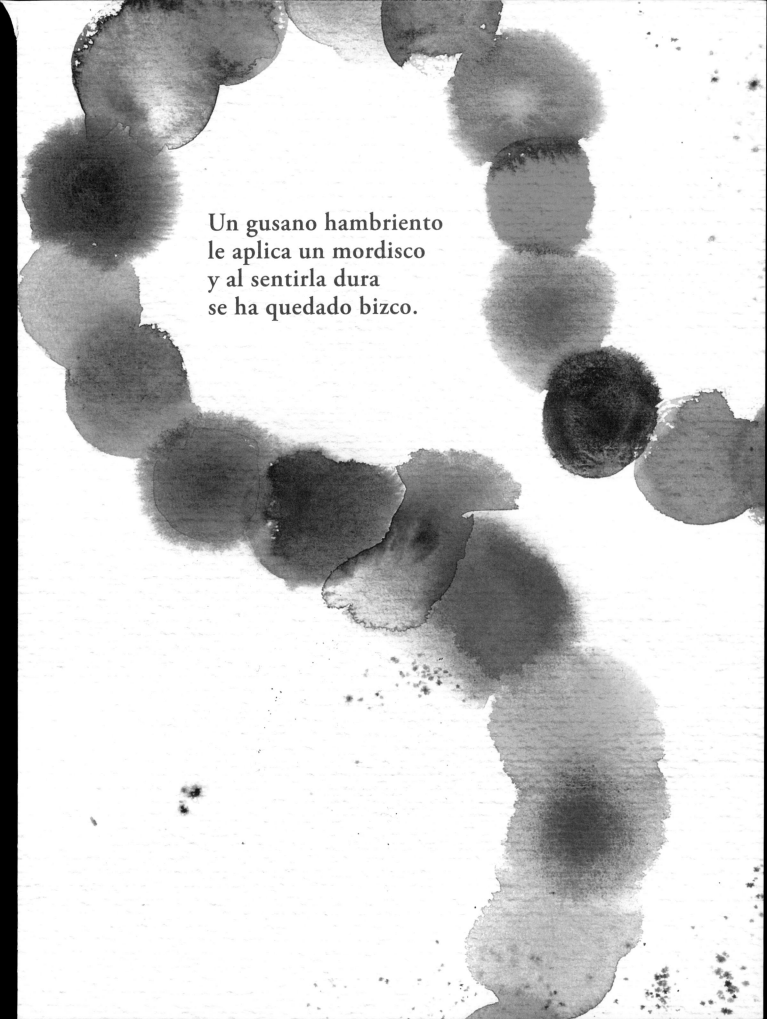

Un gusano hambriento
le aplica un mordisco
y al sentirla dura
se ha quedado bizco.

El viento, sin tregua,
sopla con su boca,
secando la tierra
que a ella la arropa.

Algo la estremece,
semilla de alubia:
sueña que ha llegado
la gota de lluvia.

Encuentro

La gota ha llegado
junto a la semilla
que duerme cubierta
con manta de arcilla.

Y lo que el gusano
mordió con rudeza
ella lo deshace
con delicadeza.

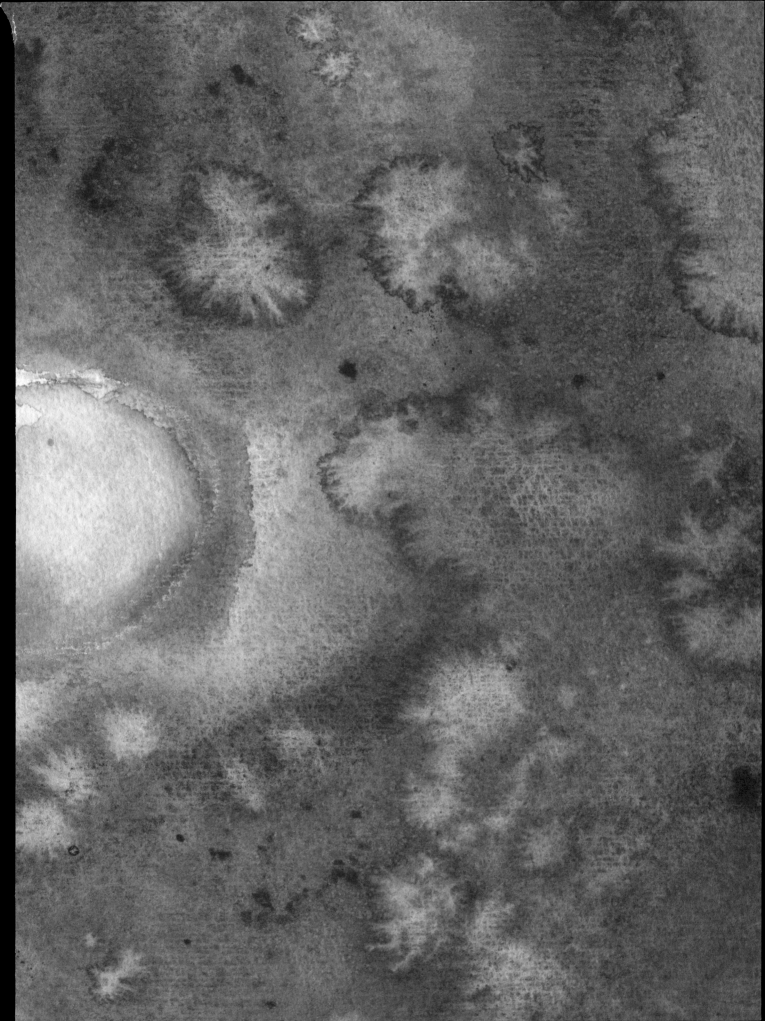

Así, la semilla,
libre de coraza,
se estira a lo largo
y a la gota abraza.

Empuja la tierra,
nada la detiene;
responde al llamado
que del cielo viene.

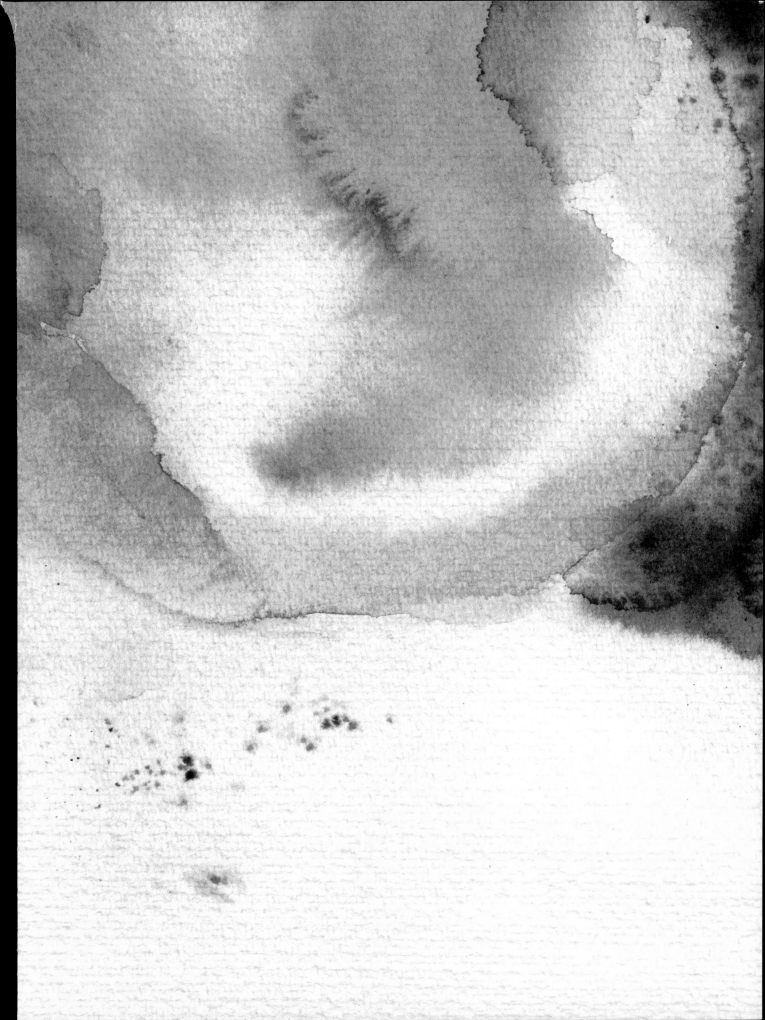

Planta

La que fue semilla
harto dormilona
ya se ha convertido
en planta glotona

que absorbe del suelo,
con sorbos continuos,
aquello que sabe
a manjares finos.

¿Qué espera del cielo,
de la nube aquella?
¿Será que la gota
le dejó una huella?

Huella en su memoria
que al fin se le aclara
cuando ahora siente
la lluvia en su cara.

Planta en flor

Un día sorprende
a los abejorros
con pétalos blancos
que asemejan gorros.

Atrae su brillo
a la mariposa
y a cuanto curioso
que en ella se posa.

Disfruta del ZUUUMM
de un vuelo rasante;
se agita su pulso
ante el visitante.

Y después se queda
con aquel zumbido:
melodía suave
que juega en su oído.

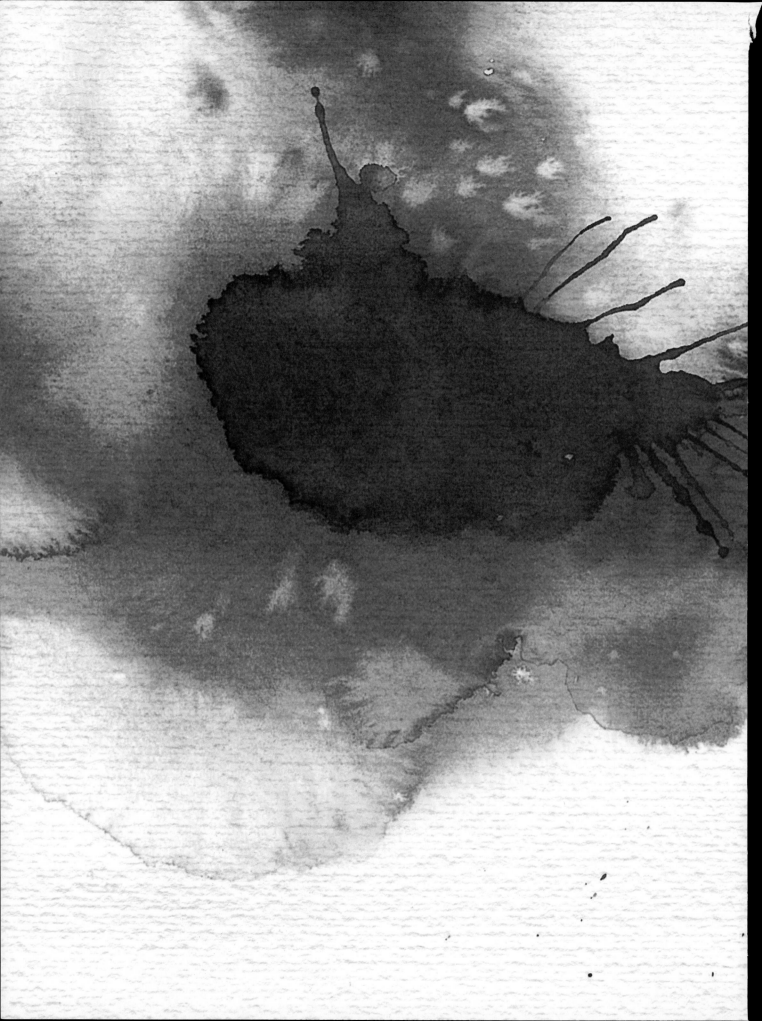

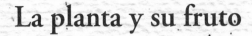

La planta y su fruto

Algo en ella cambia
por fuera, por dentro:
es un torbellino
que viene a su encuentro

Sus venas se colman
de nuevos sonidos,
surgidos de alforjas
con cuatro latidos.

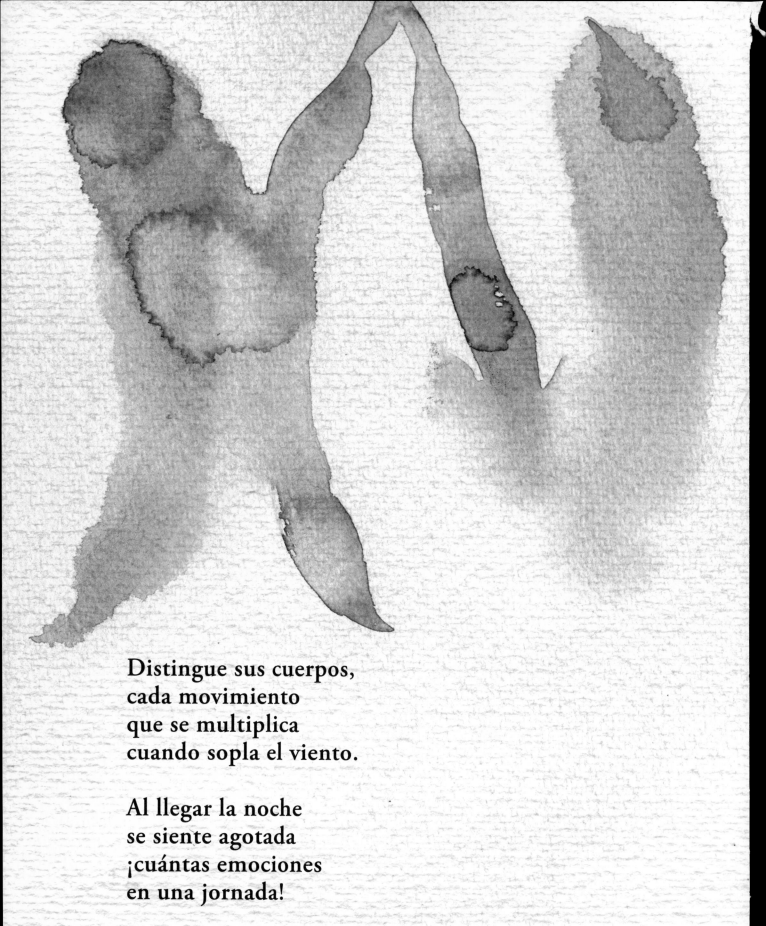

Distingue sus cuerpos,
cada movimiento
que se multiplica
cuando sopla el viento.

Al llegar la noche
se siente agotada
¡cuántas emociones
en una jornada!

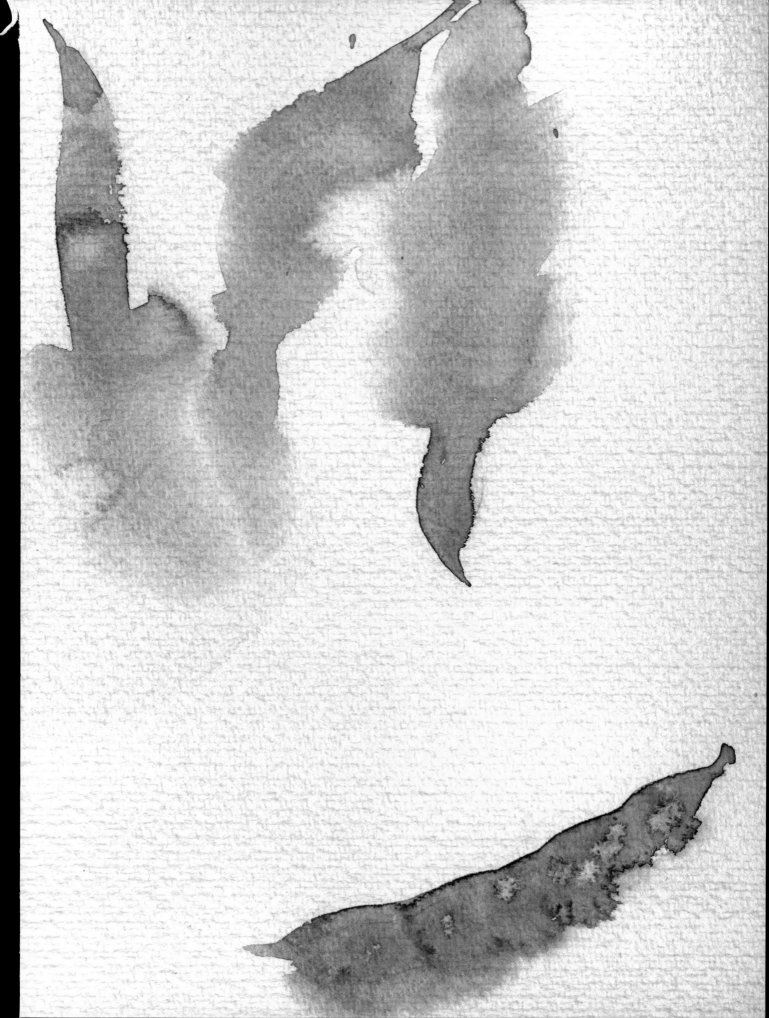

Final

¿Qué fue de las hojas,
que al sol palpitaban?
¿Qué fue de los sorbos,
que la alimentaban?

Si ahora se viera,
no le extrañaría,
porque su existencia
es sólo este día;

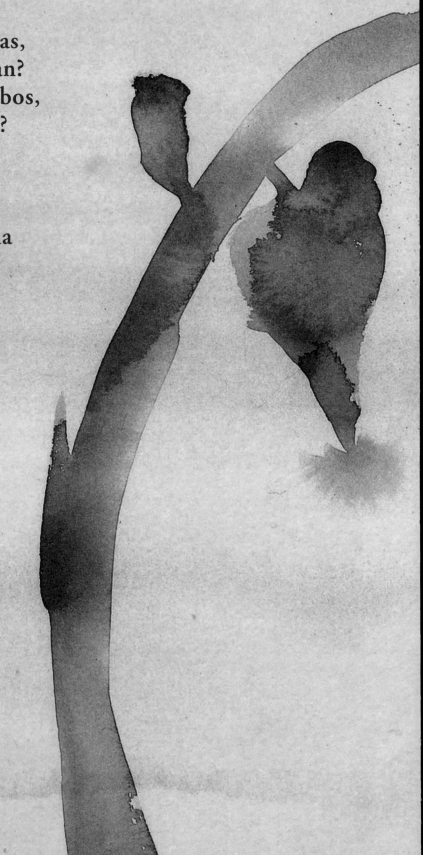

pero en la memoria,
lleva cuanto quepa:
lleva su pasado,
sin que ella lo sepa.

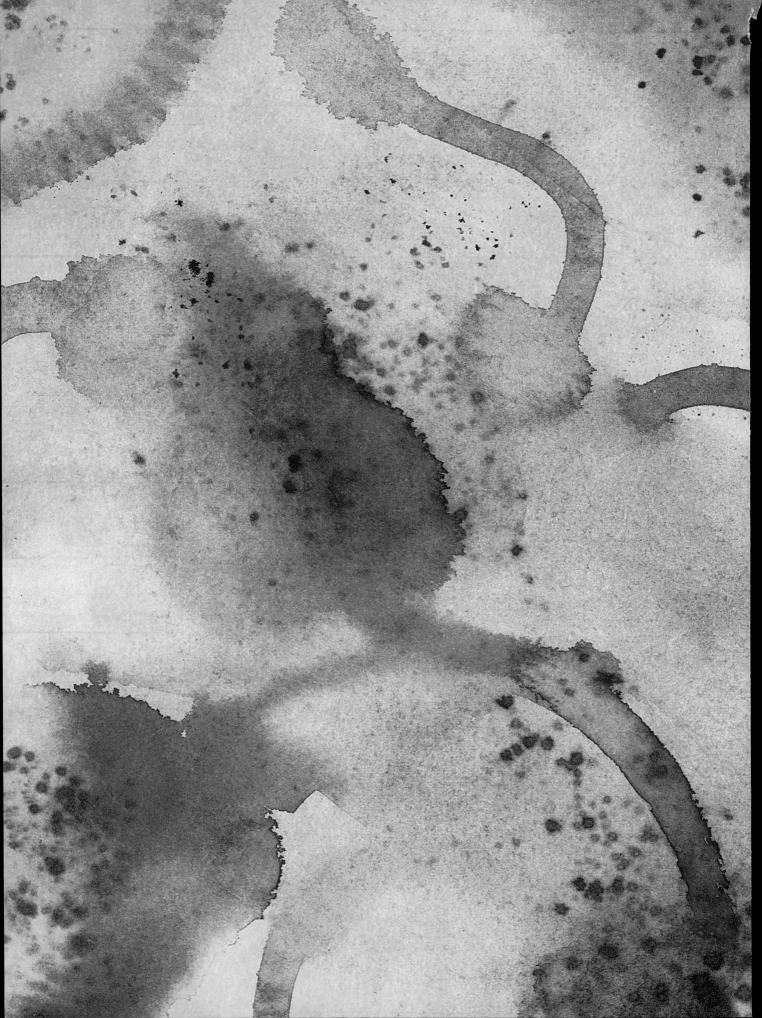

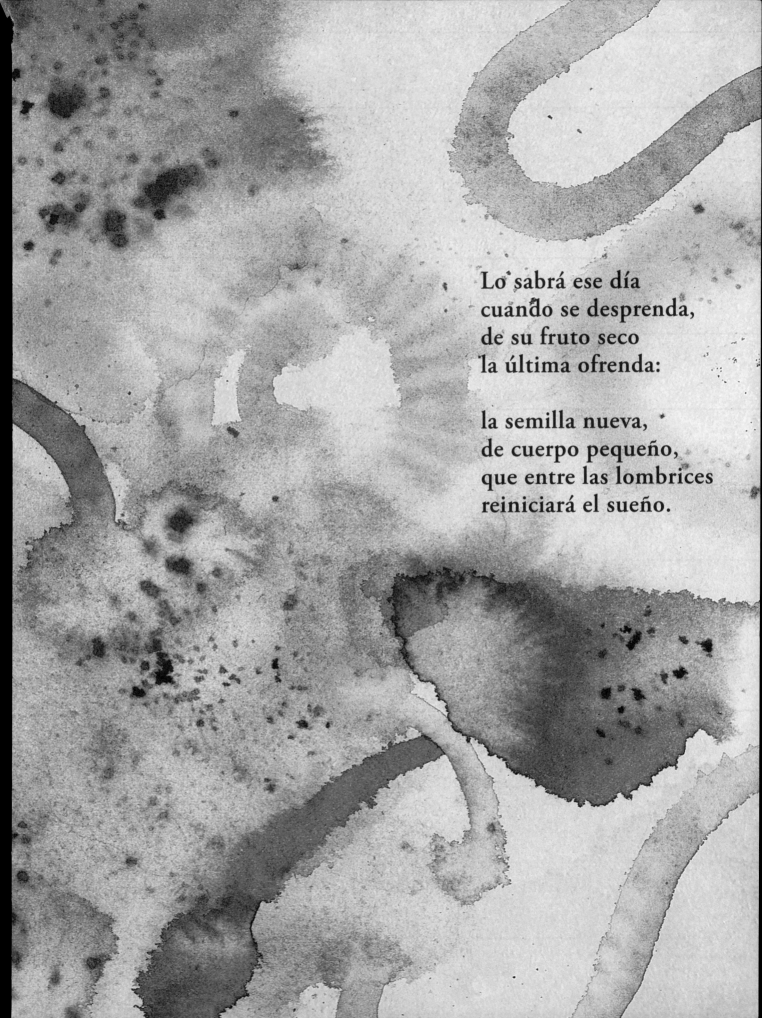

Lo sabrá ese día
cuando se desprenda,
de su fruto seco
la última ofrenda:

la semilla nueva,
de cuerpo pequeño,
que entre las lombrices
reiniciará el sueño.

Eduardo Carrera (Córdoba, Argentina, 1955). De mi niñez rescato el recuerdo de una tarde: de un arado, que abría la tierra; de la semilla, que caía al fondo del surco, para iniciar el sueño. Un sueño interrumpido con la llegada de la gota de lluvia. Una gota de lluvia destinada a esa semilla. Imaginaba ese encuentro, imaginaba el abrazo, el regocijo de la semilla después de tan larga espera sumergida en el sueño. Hasta que un día aparecía la plántula, poniéndole fin a mi espera porque venía a confirmar el encuentro único entre la semilla y la gota de lluvia.

Llegué a México en al año 1990, donde inicié mi formación literaria al asistir a diferentes talleres sobre el tema. Entre otros libros, escribí *Universo de palabras*, un libro de poesía dirigido a niños de seis años en adelante, y que en 2009 fue postulado como uno de los mejores libros infantiles por el Banco del Libro de Venezuela.

Amanda Mijangos (ciudad de México, 1986). Un día pensé que cuando fuera grande quería hacer casas, después me di cuenta de que me gustaba más dibujarlas que construirlas. Y de las casas vinieron sus habitantes, sus perros, sus gatos, los pájaros, los árboles, los frijoles, así que ahora hago dibujos. Pinto lo que me gusta, lo que no me gusta, pinto lo que se me ocurre, y casi siempre lo hago con acuarelas, esos cuadritos de pintura como tierra de muchos colores que dan resultados inesperados, todo depende del papel, de los pinceles, del agua. Pintar con ellas siempre es una sorpresa. ¡Cómo me gusta hacer dibujos!

Esta obra se terminó de imprimir el mes de diciembre del año 2013
en los talleres de: DIVERSIDAD GRAFICA S.A. DE C.V,
Privada de Av. 11 # 4-5 Col. El Vergel Del. Iztapalapa C.P. 09890
México, D.F. 5426-6386, 25968637.

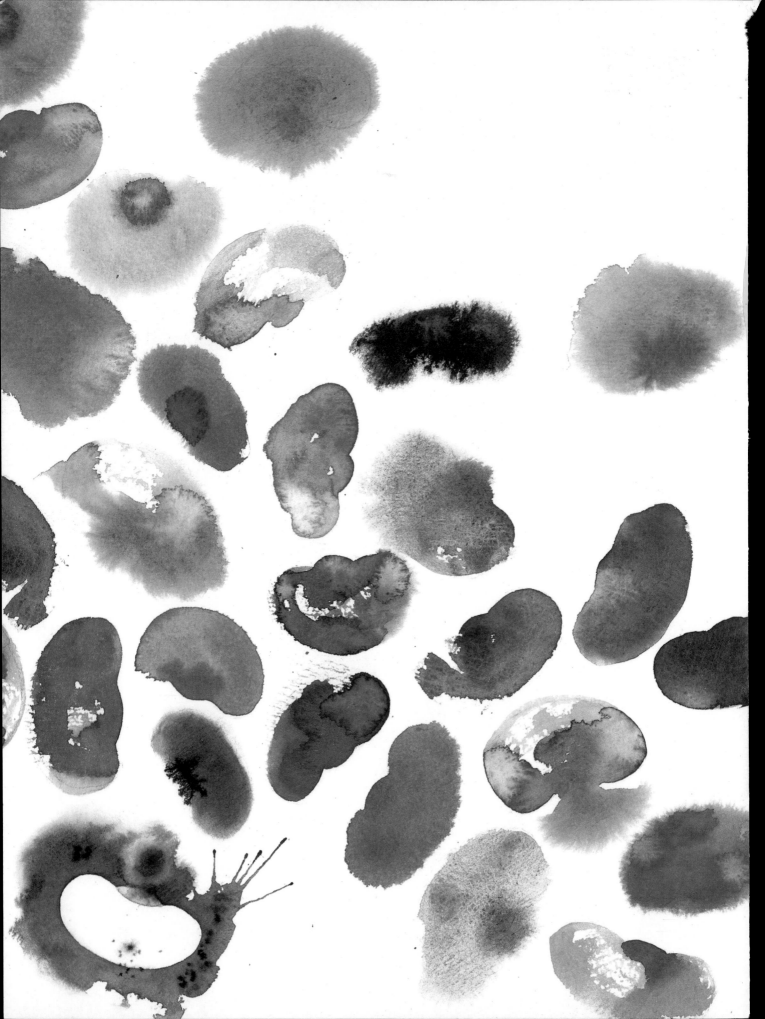